¡Judy Moody
se vuelve
Famosa!

Megan McDonald

ilustraciones de
Peter H. Reynolds

ALFAGUARA

ALFAGUARA

Título original: *Judy Moody gets famous!*
Publicado primero por Walker Books Limited, Londres SE11 5HJ

© Del texto: 2000, Megan McDonald.
© De las ilustraciones y tipografía de *Judy Moody*: 2000, Peter H. Reynolds
© De la traducción: 2004, atalaire
© De esta edición:
2005, Aguilar Chilena de Ediciones, S.A.
Dr. Aníbal Ariztía 1444, Providencia
Santiago de Chile

- **Grupo Santillana de Ediciones S.A.**
  Torrelaguna 60, 28043 Madrid, España.
- **Aguilar, Altea, Taurus, Alfaguara S.A. de C.V.**
  Avda. Universidad, 767. Col. del Valle, México D.F. C.P. 03100.
- **Aguilar, Altea, Taurus, Alfaguara S.A. de Ediciones**
  Avda. Leandro N. Alem 720, C1001 AAP, Buenos Aires, Argentina.
- **Santillana S.A.**
  Avda. San Felipe 731, Jesús María 11, Lima, Perú.
- **Ediciones Santillana S.A.**
  Constitución 1889, 11800 Montevideo, Uruguay.
- **Santillana S.A.**
  C/ Río de Janeiro, 1218 esquina Frutos pane Asunción, Paraguay.
- **Santillana de Ediciones S.A.**
  Avda. Arce 2333, entre Rosendo Gutiérrez y Belisario Salinas, La Paz, Bolivia.

ISBN: 956-239-372-0
Impreso en Chile/Printed in Chile
Primera edición en Chile: mayo 2005

Edición: Elena de Santiago
Dirección técnica: Víctor Benayas, Jacqueline Rivera
Maquetación: Álvaro Gómez
Coordinación de diseño: Beatriz Rodríguez
Adaptación para América: Isabel Mendoza

Índice

Quién es Quién

Judy

¡Grrr! La estrella del espectáculo, famosa por sus cambios de humor.

Papá

El padre de Judy. Hace bien los crucigramas y los rompecabezas. Vende objetos usados.

Mamá

La madre de Judy. Entiende mucho de verduras.

Stink

El hermano pequeño de Judy. Su competidor y estrella del Rincón de la Fama de los Moody.

Mouse

La gata de Judy. Temible participante del Concurso de Mascotas Famosas.

Rocky

El mejor amigo de Judy, de toda la vida. Dueño de un anillo de Superman que desaparece.

Sr. Todd

Más conocido como *Sr. Todo*. El mejor profesor de tercer grado del mundo.

Frank

Amigo de Judy, conocido en clase por comer goma de pegar. Una cuarta parte de un ciempiés humano.

Jessica

Una sabelotodo. Jessica Finch, la A-N-É-L-I-D-O ganadora del concurso de ortografía.

¿Cómo se deletrea "Famoso"?

Judy Moody entró muy decidida a su clase, como cualquier otro día, de un humor ni fu ni fa... hasta que se encontró con la ganadora del concurso.

Judy se sentó en su pupitre, en la primera fila, al lado de Frank Pearl.

—Hola, ¿has visto a Jessica Finch? —preguntó él en voz baja.

—Sí, ¿y qué? La veo todos los días, Frank, se sienta detrás de mí...

—Lleva una corona.

Judy se dio la vuelta para mirar a Jessica y luego le susurró a Frank:

—¿De dónde la ha sacado? ¿La dan con las hamburguesas?

—No lo sé. Pregúntale. Ella dice que es una joya.

—Pues a mí me parece ridícula y ordinaria —dijo Judy, aunque en el fondo admiraba las gemas, relucientes como rubíes. Luego se dio la vuelta y le preguntó a Jessica—: ¿Son rubíes de verdad?

—Es bisutería de disfraz —dijo Jessica.

—¿Y de qué estás disfrazada? ¿De reina de Inglaterra?

—No, de ganadora de un concurso. El sábado gané el concurso de ortografía de NV.

—¿El concurso de ortografía de qué?

A Judy no le daba nada de envidia tener que deletrear listas de palabras por un micrófono delante de un millón de personas con los ojos clavados en ella. Sobre todo, porque esa gente dice para sus adentros "¡Ojalá te equivoques!", porque quieren que ganen sus hijos.

—El concurso de ortografía de NV, Norte de Virginia —explicó Jessica.

—¡Ah, ya! ¿Y allí te dieron la corona?

—Es una diadema —respondió Jessica—. d-i-a-d-e-m-a. Como la de la reina de Inglaterra. Para ganar el concurso hay que saberse un montón de definiciones.

—¿Con qué palabra ganaste? —preguntó Judy—. Es que Frank quiere saberlo

—añadió, por si acaso Jessica pensaba que era ella la interesada.

—"Berenjena". Es una palabra de Cuarto.

¡Berenjena! Judy apenas sabía deletrear "cebolla". "Y si me pones j-e-n-g-i-b-r-e, ni hablar", pensó. "Siempre me confundo con la *g* y la *j*; esas dos letras no son mi fuerte".

—En mi habitación tengo carteles para aprender ortografía, con todas las reglas —dijo Jessica—. Tengo hasta uno fosforescente.

—¡Uf!, yo con eso tendría pesadillas. Cualquier día quito mi esqueleto fosforescente. ¡Tiene todos los doscientos seis huesos del cuerpo!

—¡Judy! —interrumpió el maestro—. Me gustaría que te dieras la vuelta, porque llevo ya mucho rato mirándote la espalda.

—Perdón —se disculpó Judy, mirando otra vez al frente.

Jessica le pasó a Judy una hoja de periódico doblada. En la mitad de la página, como para que nadie pudiera no verla, había una foto de Jessica Finch. Incluso decía NIÑA GANA CONCURSO ORTOGRAFÍA en letras enormes.

—Según mi padre, tuve mis quince minutos de fama —susurró Jessica al oído de Judy.

Judy no se dio vuelta esta vez. Se había puesto verde de eNVidia... ¡Jessica A. Finch, Reina del Diccionario, de

Tercero, era famosa! Judy se puso a pensar lo estupendo que sería poder deletrear algo más que "cebolla" y ser la ganadora del concurso y llevar una diadema. ¡Y ver su propia foto en el periódico!

Pero ella, Judy Moody, era tan famosa como un lápiz.

Tan pronto regresó a casa ese día, Judy decidió aprenderse de memoria el diccionario. Lo abrió en una página cualquiera, pero se quedó atascada con la primera palabra: no le sonaba para nada. En todo caso, ¿a quién le importa saber lo que es un "anélido"? ¡No es más que un gusano insignificante! Ese cuerpo alargado y pálido le recordaba a... ¡Jessica Finch! ¡Sííí! Jessica Finch era un anélido, y podía ser todo lo famosa que quisiera, pero no dejaba de ser un gusano insignificante.

Como Jessica había ganado el concurso con la palabra "berenjena", Judy decidió dejar a un lado el diccionario y deletrear todas las hortalizas del refrigerador.

—¿Desde cuándo te gustan las berenjenas? —preguntó su madre.

—No te preocupes, no me las voy a comer ni nada de eso. Es para la clase de ortografía.

—¿Ortografía? —preguntó Stink.

—El señor Todd tiene una manera muy creativa de enseñar ortografía —dijo su madre.

—No es para tanto —respondió Judy, que se había quedado muda al llegar a los espárragos. Las hortalizas eran difíciles de deletrear. Tenía que haber algún grupo de alimentos que fuera más fácil.

Durante la cena, Judy sorbió un tallarín y preguntó:

—¿Cómo se deletrea "espagueti"?

—T-a-l-l-a-r-í-n —contestó Stink.

—E-s-p-a-g-u-e-t-i —siguió su padre.

—O, p-a-s-t-a —dijo su madre.

—Da igual —cortó Judy—. Por favor, pásame el p-a-n.

—¿Qué tal estuvo hoy la escuela? —intentó cambiar de tema su madre.

—B-i-e-n —respondió Judy—. Jessica Finch se ganó una d-i-a-d-e-m-a en un concurso de ortografía y sacaron su foto en el p-e-r-i-ó-d-i-c-o. Aunque parece un a-n-é-l-i-d-o.

—Así que por eso era lo de tanto deletreo... —se rió su madre.

—Tienes e-n-v-i-d-i-a —le soltó Stink a su hermana.

—Se escribe e-m-v-i-d-i-a. Antes de la *v*... y la *b* y la *p*, siempre va *m*. Cualquiera lo sabe.

—No, tu hermano tiene razón —intervino su madre.

—¿QUÉ? —exclamó Judy—. ¿Cómo va a tener él razón?

—La regla es *m* antes de *p* y de *b*, y *n* delante de la *v* —explicó su padre.

—¡No hay derecho! —se quejó Judy.

Judy se dejó caer sobre el respaldo de la silla. Estaba claro que con la ortografía no iba a hacerse famosa. En el plato le quedaban tres espaguetis que dibujaban una mueca de enojo. Judy les hizo la misma mueca.

Su padre le preguntó:

—¿No te habrás puesto otra vez de mal humor, verdad?

El rincón de la fama de los Moody

Al día siguiente, Judy se comió los cereales del desayuno sin deletrearlos. Seguro que había otras muchas maneras de hacerse famosa aparte de la ortografía.

Mientras desayunaba, se dio cuenta de que su hermano pequeño, Stink, había pegado cosas en la puerta del refrigerador: las notas de la escuela, un autorretrato en el que parecía un chimpancé, su foto vestido de bandera cuan-

do fue a Washington, D.C. sin ella. En la parte de arriba había puesto "Rincón de la fama de los Moody".

—¡Hey! —preguntó ella—. ¿Y yo dónde salgo?

—Lo he hecho yo solo —dijo Stink.

—Déjale espacio a Judy, cariño —dijo su madre—. Ella también puede pegar cosas ahí.

Judy subió las escaleras de dos en dos. Buscó en la mesa de su cuarto cosas para poner en el Rincón de la Fama de los Moody. Pero no encontró más que hojas arrugadas, capuchones de bellotas, un caramelo viejo en forma de corazón que decía "Hola, dulzura" y un cajón lleno de restos de borrador color rosa de todas las veces que había borrado palabras de ortografía y los había echado allí.

Como no encontraba nada, rebuscó en el armario, pero no tenía más que sus colecciones: curitas, palillos, partes de cuerpos (¡de muñecas!), historietas de las que vienen en los envoltorios de los chicles, mesitas de las pizzas... Nada que hacer. Nadie entraba en un rincón de la fama por los palillos o las curitas.

Luego se acordó de la caja de recuerdos. Se subió a una silla y la bajó de la estantería.

¡Un mechón de pelo de cuando era pequeña! ¡Un diente que se le cayó en Primero! Sus padres nunca la dejarían poner pelos en el refrigerador, aparte de

que nadie querría ver un diente viejo y amarillo cada vez que abriera la puerta.

Luego se encontró un autorretrato que había hecho en Jardín con fideos, con una O en la boca. ¡Ni pensarlo! Seguro que a Stink le encantaría poder meterse con ella por eso y recordarle cada dos por tres que tenía la boca grande.

¿Dónde estaban sus notas? Tenía que haber algunas buenas. ¿Diplomas? ¿Medallas? Algo debieron de darle, vete a saber cuándo. Pero no encontró más que huellas de cuando era bebé, velas de cumpleaños medio consumidas y los dibujos de gente con cuatro ojos que garabateaba en preescolar.

¿Y las fotos donde salía ella?

¡Las fotos! Judy miró unas que había dentro de un sobre. Tenía que dar con alguna igual de buena que la de Stink en casa del presidente. Encontró una con Papá Noel, pero Papá Noel parecía estar roncando. ¡Nada! En otra, aparecía junto a (la estatua de cartón piedra de) Abraham Lincoln. Pero tener una foto con un presidente de cartón piedra no era como para entrar en el Rincón de la fama de los Moody.

En otra foto aparecía a la entrada de la casa del vecino, con la cabeza baja y en plena rabieta porque NO quería que le sacaran la foto.

¡Era inútil! No se le ocurría nada suficientemente bueno para el Rincón de la fama de los Moody.

Así que volvió a bajar a la cocina. Las letras magnéticas del refrigerador deberían decir "Rincón de la fama de Stink".

—¿Qué pasó? ¿Dónde está lo tuyo? —preguntó éste en tono de burla—. ¿Se te quedó arriba o qué?

—O qué —contestó Judy. Ni siquiera había encontrado el insignificante premio de aquel concurso de dobles de Viola Swamp que ganó en Primero. Ignorando a su hermano, preguntó—: Mamá, ¿has salido alguna vez en el periódico?

—Por supuesto. Muchas veces. Cuando estaba en el coro del Instituto.

—¿Y te gustaba ser del coro? —preguntó Stink.

—Sí, era muy divertido. Yo estaba muy contenta.

—¿Y saliste en el periódico por estar contenta? —preguntó Judy.

—No. Salí por ser del coro.

Judy no creía que fuese a salir en el periódico por estar contenta. Ni por dedicarse a cantar.

—¿Y tú, papá? —preguntó Judy.

—Una vez dijeron mi nombre por la radio por responder acertadamente una pregunta de un concurso.

—¿Cuál era la pregunta? —Stink parecía muy interesado.

—"¿Cuántos presidentes han nacido en Virginia?".

—¿Cuántos? —preguntaron Judy y Stink a la vez.

—Ocho.

—¡Guau! —exclamó Judy.

—¿Y a mí no me preguntas? —Stink se dirigió a su hermana.

—Tú no has salido nunca en el periódico.

—Claro que sí, ¿verdad, mamá? Lo tengo en mi caja de recortes de cuando era bebé.

—Judy, sabes de sobra que tu hermano nació en el asiento trasero de un todoterreno, porque no alcanzamos a llegar al hospital.

—¡Salí hasta en la tele! ¡En las noticias!

—Ah, sí. Gracias por recordármelo.

No era justo. El pesado de su hermano pequeño había salido en un noticiero. En cambio ella, Judy Moody, no era famosa ni para ponerse en el refrigerador.

Infame

Rocky ya los estaba esperando en la alcantarilla cuando llegaron.

—Hola, Rocky —saludó Stink—, ¿has salido alguna vez en el periódico?

—Por supuesto —contestó Rocky—. Cantidad de veces.

—¿Ah sí? —preguntó Judy extrañada.

—No, no es verdad. Pero una vez pusieron una foto mía en la biblioteca.

—¿Lo ves? —se dirigió Judy a Stink—. Hasta mi mejor amigo es famoso.

—¿Por qué pusieron tu foto en la biblioteca? —preguntó Stink.

—Mi madre me llevó allí a ver a un mago, ¿sabes? El mago agarró mi anillo de Superman y lo hizo desaparecer. Luego se lo sacó de la manga con un montón de pañuelos. Tomaron una foto y yo salí en la primera fila con los ojos como platos. No salí precisamente por famoso.

—Pero saliste —dijo Judy.

En la escuela, el señor Todd propuso:

—Vamos a deletrear palabras otra vez.

Deletreo, deletreo, deletreo. ¡A todo el mundo le había dado por deletrear! Judy se inclinó y le susurró a Frank:

—Oye, Frank, ¿tú has salido en el periódico?

—No fue nada del otro mundo. Sólo tenía tres años.

Adam se levantó y deletreó la palabra h-a-c-e-m-o-s.

—¿Cuál fue el motivo? —susurró Judy.

Hailey se levantó y deletreó h-a-b-í-a.

—Gané un concurso de dibujo del periódico. Había que colorear un personaje que salía en un anuncio de jugo de uva.

Ahora Randi deletreó h-i-e-n-a.

¡Hasta Frank Pearl era famoso! Por garabatear en un jugo de uva.

—Todo el mundo que conozco es f-a-m-o-s-o —estalló Judy.

—¡Judy! —la regañó el señor Todd—, ¿quieres ganarte una tarjeta blanca hoy?

¡Una tarjeta blanca! Tres en una semana significaban tener que quedarse en clase castigada al final del día. Ya tenía dos ¡y apenas era miércoles!

—¿Por qué no nos deletreas la palabra especial de hoy? —dijo el señor Todd.

"¿Qué palabra especial?", pensó Judy. No estaba prestando atención, estaba en un serio aprieto. ¿Aprieto? ¿Sería ésa la palabra?

—¿Podría darme la definición, por favor?

Todos se partieron de risa.

—Es algo que se come —dijo Rocky.

Judy se levantó.

—H-u-e-v-o. *Huevo* —anunció con mucho aplomo.

—Muy bien —dijo el señor Todd—. *Huevo*. Pero lamentablemente ésa no era la palabra especial de hoy. Jessica, ¿quieres deletrear la palabra para toda la clase?

Jessica Finch se levantó, con su cabeza erguida y su aspecto de sabelotodo.

—Z-a-n-a-h-o-r-i-a. *Zanahoria* —respondió Jessica a toda velocidad.

"Zanahoria" era una de esas palabras berenjenosas que sólo Cara Pálida sabía

deletrear. "Apuesto que no sabe deletrear 'anélido'", pensó Judy.

—Judy, si estudias las palabras que hay que deletrear y prestas atención en clase, te evitarás tarjetas blancas y nos haremos famosos los dos.

Ahí estaba otra vez. La palabrita en cuestión.

Ya era casi la hora de Ciencias, su materia favorita, así que a Judy le sería fácil prestar atención. Se sentaría toda tiesa y no pararía de levantar la mano, igual que Jessica Finch. No quería más tarjetas blancas.

Judy observó de cerca el gusano que se retorcía en su pupitre.

—Como todos saben —dijo el señor Todd—, hemos estado criando gusanos de la comida. Hoy le he dado uno a cada uno para que lo examinen. Es normal encontrar estos gusanos en casa. ¿En qué sitios creen que es más fácil verlos?

Judy levantó la mano.

—Les gusta comer harina de avena, de trigo y cosas así —respondió cuando el señor Todd le dio la palabra—. Así que supongo que en la cocina.

—Correcto. Bien dicho. En realidad son larvas de cierto tipo de escarabajo: el escarabajo de la harina. Los gusanos de la comida son nocturnos. ¿Alguien puede explicar qué quiere decir esto?

Judy levantó otra vez la mano como un cohete.

—¿Judy?

—Que duermen de día y pasan la noche despiertos.

—Estupendo. Este tipo de gusanos se conoce como *T. molitor*. Obsérvenlo un rato y cuenten los anillos que tiene. Escríbanlo luego en el cuaderno.

Judy contó trece anillos, además de la cabeza. Lo anotó inmediatamente en el cuaderno. Dejó que el gusano le subiera por el dedo mientras aguardaba la siguiente pregunta. Lo dejó subirse por el lápiz. ¡Qué curioso! El gusano se quedó en el borrador.

—Los gusanos de la comida poseen exoesqueleto —informó el señor Todd—. ¿Qué significa eso?

Judy sabía todo lo que tenía que ver con esqueletos y huesos: los de dentro y los de fuera. Y sabía también esta respuesta. Volvió a levantar la mano rápidamente, sin acordarse de que el gusano se había encaramado en el borrador.

El señor Todd le dio la palabra a Rocky.

En ese momento Judy vio cómo el gusano salía despedido por los aires y caía justo encima de Jessica Finch. Lo vio subir por la blusa hasta llegar a la punta de la cola de caballo de Jessica.

Judy se olvidó de las tarjetas blancas. Comenzó a hacer gestos como una loca hasta que Jessica levantó la vista, y luego le señaló la cabeza, frenética.

—¡Aaagh! —gritó Jessica horrorizada, y se dio un manotazo en el pelo para sacudirse el gusano. El *T. molitor* voló y se estrelló contra el pizarrón, y después cayó al suelo. Se armó un gran alboroto en la clase.

—¡Silencio! —ordenó el señor Todd con una palmada—. Cállense todos ya. Jessica, no quiero que nadie se dedique a lanzar gusanos por ahí en mi clase.

El maestro escribió el nombre de la niña en el pizarrón.

—Pero no fui yo... fue... ¡fue ella!

—Ya basta. Ven a verme después de Ciencias para que te dé una tarjeta blanca —remató el señor Todd.

Jessica fulminó a Judy con la mirada. Tenía la cara más pálida que nunca. Judy se dio la vuelta.

Ya sabía que la culpa había sido suya. Pero no quería que la castigaran. Pensó que probablemente Jessica Finch no se había ganado nunca una tarjeta blanca. Seguro que hasta ese momento no tenía ni idea de lo que era verse en un aprieto. Además, una simple tarjeta blanca no le hace daño a nadie.

A lo largo de la mañana, Judy se fue sintiendo cada vez más como un insecto. Más exactamente, como un piojo.

Después del recreo empezó a picarle el cuello, luego el codo. Tuvo que rascarse la rodilla izquierda y también un dedo del pie.

Al final de la jornada, no tuvo más remedio que ir a hablar con el maestro.

—Señor Todd —preguntó rascándose el tobillo—, ¿cree usted que no decir la verdad puede causar comezón?

Se rascaba sin parar.

—Creo que sí. ¿Hay algo que te esté causando comezón y que quieras contarme?

—Sí. Hoy en Ciencias... el gusano era mío —no paraba de rascarse—. La culpa fue mía —rasca que te rasca—, no de Jessica Finch.

Al final, le había contado toda la verdad.

—Gracias. Te agradezco que vengas a contármelo, Judy. Ya sé que no siempre es fácil decir la verdad.

—¿Eso quiere decir que no me he ganado la tercera tarjeta blanca?

—Me temo que no. Quiero que prestes más atención en clase.

El señor Todd borró el nombre de Jessica del pizarrón y lo sustituyó por el de Judy. Ella agachó la cabeza.

—La verdad es que no es tan malo quedarse conmigo después de clase. Ya encontraremos algo útil que hacer, ¿de acuerdo? Como limpiar la pecera, quizás.

—Señor Todd, ¿hay alguna palabra para quien se hace famoso por algo malo?

—Sí —dijo el señor Todd—, *infame.*

La fama es lo peor

Judy comenzó a pelar una banana.

—¿Me das? —preguntó Stink.

Judy le pasó la cáscara de la banana.

—¡No, eso no! —protestó Stink.

Judy le dio un gran mordisco a la banana y luego se la pasó a su hermano. Luego agarró una cereza.

—¿Qué estás escribiendo? —le preguntó a su padre mientras se metía la cereza a la boca.

—"Venta de garaje". Voy a poner un anuncio en el periódico, porque ya va siendo hora de que nos libremos de un montón de trastos viejos.

—¿Qué trastos viejos? —preguntó Judy intrigada. Se podía salir en el periódico por los trastos viejos. Incluso en la tele.

—Tu bicicleta vieja, los libros de la universidad de mamá, la ropa de bebé de Stink.

—¿No tenemos más trastos viejos?

—Claro... ¡papá! —contestó Stink.

—Muchas gracias —rió su padre.

—No. Me refiero a cosas como una pestaña de Cleopatra —dijo Judy—. O el martillo con que construyeron la Estatua de la Libertad. Ya sabes. Trastos lo bastante viejos como para tener algún valor.

—¿Trastos viejos con los que uno se puede hacer rico? —sonrió Stink—. ¿Como antigüedades de la tatarabuela? Vas a la tele y te dicen que valen un montón de dinero.

—No creo que nosotros nos vayamos a hacer ricos. Nuestros trastos viejos no valen nada —dijo su padre.

—Grrr —añadió Judy, y arrancó otra cereza.

¡Ah, si tuviera algo insólito, verdaderamente raro, como un plato roto de otro siglo o una carta antigua de la Guerra de la Independencia!

—¿Qué están haciendo estos días en la escuela? —preguntó su padre.

Judy se puso tensa. ¿Se había enterado de las tarjetas blancas?

—¿A qué te refieres?

—A si les ha pasado algo interesante.

—¿Puedo quedarme el viernes en la escuela después de clase? El señor Todd dice que puedo ayudarle a limpiar la pecera.

—¡Qué asqueroso! —dijo Stink.

—Veremos si mamá puede recogerte. ¿Y tú, Stink?

Judy se metió otra cereza en la boca.

—Hemos aprendido una historia muy divertida sobre George Washington —dijo Stink—. Sobre no decir mentiras.

Judy siguió masticando la cereza.

—Imagínate que él cortó un cerezo. Y cuando su padre preguntó quién lo había hecho, Washington se dijo "No puedo decir mentiras" y confesó haberlo hecho.

Judy por poco se atraganta. Escupió el hueso de la cereza, que fue a parar justo encima de Stink.

—¡Hey! ¡Me escupió!

—Fue por accidente —se apresuró a decir Judy.

—¡Judy! —la regañó su padre.

—Bueno, está bien. No puedo decir mentiras: le he echado un hueso de cereza a Stink.

—Recógelo —ordenó su padre.

Judy se agachó por debajo de la silla de Stink y lo recogió del suelo.

—No es justo —se quejó—. ¿Cómo se va a hacer famoso alguien por decir mentiras? ¡Toda esa historia de las mentiras es mentira!

—Mucha gente no se da cuenta de que no es verdad —dijo su padre.

—Pero es una buena historia —añadió Stink.

Judy jugueteó con el hueso de cereza entre los dedos. Se le ocurrió una brillante idea para hacerse famosa. ¡Una idea con doscientos cincuenta años de antigüedad!

Subió el hueso de cereza a su cuarto. Buscó el secador de pelo y lo puso a máxima potencia.

—¿Qué estás haciendo? —preguntó Stink, que la había seguido escaleras arriba.

—¿A ti qué te parece? Estoy secando un hueso de cereza.

—Estás chiflada.

Cuando Stink se marchó, Judy sacó del maletín de médico el martillo de comprobar los reflejos. Golpeó con él el hueso de cereza para hacerle muescas de manera que pareciera antiguo, muy, muy antiguo. Después, con un alfiler, grabó las iniciales GW. Finalmente, lo colocó con las iniciales hacia arriba en una caja transparente que tenía encima una lente de aumento.

—¡Qué curioso! —exclamó Judy Moody. Y era verdad.

La tarde de la venta de garaje, Stink montó su propia mesa con juguetes de baño, autos de juguete oxidados, piezas de madera sueltas para construir, una pelota de caucho, muñequitos diminutos, animales de papel, instrumentos rotos e insectos fosforescentes hechos con su máquina especial.

Autos de juguete   Instrumentos   Insectos fosforescentes

—Stink, nadie va a comprar eso —le dijo Judy.

—¿Ah, no? ¿Y qué van a comprar, aire? —preguntó él, señalando la mesa vacía de su hermana.

—Ya verás. Tengo algo mejor que esa porquería tuya.

Judy cubrió la mesa con un paño azul marino que parecía terciopelo. Encima colocó un cartel:

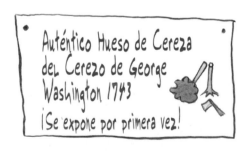

Auténtico Hueso de Cereza del Cerezo de George Washington 1743 ¡Se expone por primera vez!

Luego puso la caja con la lente de aumento en la mitad de la mesa. Dentro estaba —¡ta-rá!— el FAMOSO hueso de cereza.

Judy añadió un renglón más al cartel:

5¢ POR MIRAR

Dentro de la ilustración:
- Auténtico Hueso de Cereza del Cerezo de George Washington 1743
- 5¢ Por mirar
- ¡Se expone por primera vez!
- 5¢

No se podía quedar sentada. Se preguntaba cuánto tardarían en venir del periódico a fotografiarla con su hueso de cereza de hace doscientos cincuenta años.

Unos niños pequeños echaron una moneda de cinco centavos en el bote y dijeron:

—¡Guau!... ¿De VERDAD es del cerezo de George Washington?

—No puedo decir mentiras. ¡Claro que sí!

—¿De dónde lo sacaste?

—Lo ha tenido mi familia toda la vida.

—Toda la vida desde la semana pasada —añadió Stink.

Judy lo taladró con la mirada.

—¿Cómo sabes que es del cerezo de George Washington? —preguntaron.

—Miren —respondió Judy. Abrió la tapa y sacó el hueso de cereza—. Aquí dice "GW", ¿lo ven?

—Déjame ver —dijo una chica que se llamaba Hannah, y se lo enseñó a su hermano pequeño—. ¡Guauuu!... Es verdad, dice GW. Pero parece un caramelo.

—¡Un caramelo! —exclamó el chico y se metió el hueso en la boca.

—¡No, Ricky! —gritó la hermana, pero ya era demasiado tarde.

—¡Escúpelo! —ordenó Judy.

—¡Escúpelo, Ricky! —repitió Hannah. ¡Pero Ricky se lo tragó!

—¡Oh no! ¿Se lo tragó? ¡Mírale la boca! ¿Sigue ahí?

—Ya no —contestó Hannah—. Pide disculpas, Ricky.

—Ummm... ¡qué rico! —dijo Ricky.

—¡Esto es terrible! —se quejó Judy—. ¿Qué voy a hacer ahora cuando vengan del periódico?

—Pues haces otro —dijo Stink.

Judy gruñó. Aquel niño se había tragado de golpe su famoso hueso de cereza de George Washington de hace doscientos cincuenta años. Su vecino Ricky se había tragado de un solo bocado su pasaje a la fama.

La única fotografía que le iban a hacer ahora al hueso de cereza era una radiografía.

Concurso de mascotas famosas

Stink contó el dinero de la venta de garaje en la mesa de la cocina. Clink, CLINK.

—Estás haciendo ruido a propósito con el dinero, Stink —protestó Judy.

—¡No tengo más remedio! Díselo, mamá. El dinero hace ruido, sobre todo cuando se tiene mucho, ¿verdad? —sonrió.

Judy arrugó el periódico donde habían anunciado su venta de garaje. Lo tiró a la basura, enojada.

—Al reciclaje, por favor —dijo su madre.

—¿Cómo? —preguntó Stink—. ¿La reina del reciclaje echa un papel a la basura?

—¿Puedo utilizarlo para forrar la caja de Mouse? —preguntó Judy.

—Buena idea —dijo su madre.

Judy desarrugó el papel y lo extendió en el suelo para alisarlo.

¡OFERTA ESPECIAL!...

¡VENTA DE GARAJE!...

¡CONCURSO DE MASCOTAS FAMOSAS!...

¡ADIÓS AL MAL ALIENTO!...

¡Espera! ¿Ahí decía "famosas"? Judy volvió a leer:

CONSURSO DE MASCOTAS FAMOSAS

Trae tu mascota este sábado a
"Plumas y Pelos".

¡Inscríbela en nuestro concurso!
¡Diviértete y gana premios!

Los ganadores recibirán
una medalla y un diploma, y su
FOTO APARECERÁ EN ESTE PERIÓDICO

¡Judy no podía creer lo que estaba leyendo!

—¿Dónde está Mouse? —preguntó.

—Arriba —respondió su madre.

—¿Mouse, Mouse, dónde estás? —la llamó Judy.

Mouse bajó por las escaleras y entró con parsimonia a la cocina buscando comida. Judy la alzó y le dio un beso en el hocico.

—Mua, mua, muaaa. Eres la gata más maravillosa de este planeta planetario ¡y vas a hacerme famosa!

Judy Moody ya se veía con la medalla y un diploma.

—¡Y mi foto saldrá en el periódico! ¡Hey! —le dijo a toda la familia—, ¿alguien quiere una tostada?

❧   ❧   ❧

La tienda de mascotas Pelos y Plumas estaba repleta el sábado cuando Judy llegó con Stink y Mouse.

Judy llevaba una rebanada de pan.

—¡Parece que en el estado de Virginia

todo el mundo tiene una mascota que sabe hacer algo! ¡Eh, ahí está Frank!

—¡Y Rocky! —le comunicó Stink.

—¡Chicos! ¡Frank! ¡Rocky! ¡Aquí! —los llamó Judy.

Sparky, el perro de Frank, olfateó un hueso de perro morado, el tobillo de Judy y después un hurón.

—¿Qué sabe hacer Sparky? —le preguntó Stink a Frank.

—Salta por un aro. ¿Verdad que sí, amigo? —contestó dirigiéndose al perro.

—Yo he traído a Houdini —dijo Rocky enseñándoles su iguana—. Deja caer la punta de la cola si lo asustan con voces o cosas así.

—¡Qué curioso! —dijo Judy.

Echó un vistazo a las demás mascotas. Había un conejo, una tortuga, un ratón blanco llamado Elvis y una salamandra rayada. También vio un hámster corriendo en una rueda, una serpiente tan inmóvil que parecía de mentira y una concha donde debía de haber un cangrejo ermitaño. ¡Alguien había llevado hasta un mono disecado!

—¡Empieza el concurso! —chilló la señora de Pelos y Plumas en medio de gritos y alaridos, aullidos y gruñidos.

Los que habían llevado mascotas formaron un círculo. El primer concursante fue un grillo danzarín. Luego, una tortuga que se ponía boca arriba, y después un conejo que bebía con sorbete.

El loro Polly cantó las cinco primeras notas del himno de los Estados Unidos. Judy se sorprendió cuando se vio a sí misma aplaudiendo.

Cuando le tocó el turno a Frank, Sparky saltó por el aro tres veces y todos aplaudieron. Rocky no pudo hacer que Houdini dejara caer la punta de la cola.

—Los perros lo ponen nervioso —explicó.

Luego hubo otras tres mascotas y Polly seguía cantando.

Emily, una compañera de la escuela, tenía un hurón que sabía limpiarse los dientes. Fue el que más le gustó a Stink.

—Pero si no ha hecho más que comerse la pasta de dientes —dijo Judy.

Cuando le tocó a Judy, colocó una tostadora en el suelo, metió la rebanada de pan en la ranura y luego sacó a Mouse de la caja.

—Ésta es Mouse —anunció—. Va a hacerse una tostada —el público aplaudió. Judy colocó a Mouse encima de la mesa—. No te pongas nerviosa —le susurró.

Mouse se sentó y se puso a lamerse la pata.

—Mira la tostadora, Mouse —susurró Judy—. ¡La tostadora! —se la acercó.

Mouse le dio un zarpazo a la tostadora, después la golpeó y la apartó con la pata. Todos comenzaron a reírse. Judy le mostró una suculenta galletita de atún, entonces Mouse se levantó y ¡se miró en la tostadora!

Judy contuvo el aliento.

Mouse golpeó otra vez la tostadora. Esta vez le dio a la palanca con la zarpa. ¡La rebanada de pan desapareció y las resistencias se pusieron al rojo!

La gente se quedó callada. Al poco rato saltó la tostada.

—¡Ta-rán! —exclamó Judy.

—¡Hurra! —todo el mundo aplaudió y lo celebró.

—¡Por fin voy a ser famosa, Mouse! —le dijo Judy abrazándola.

—Y ahora, para terminar —dijo la señora de la tienda—, un pollo que toca el piano.

Dio un paso al frente David, un chico que llevaba un pollo atado con una cuerda.

—Éste es Mozart —dijo el chico.

Mozart tocó con el pico tres notas en un piano de juguete.

—¡Jingle Bells! —gritó alguien. Se armó un alboroto.

Judy tuvo una sensación que le era familiar: el comienzo del mal humor. Ella, Judy Moody, nunca sería tan famosa como un pollo pianista.

El acto se cerró con un desfile de todas las mascotas.

—¡Este año el concurso ha sido fantástico! —los felicitó a todos la dueña de Pelos y Plumas—. Gracias por venir. Y ahora, los premios. Cuando diga el nombre de la mascota, pasen al centro con ella.

Un hombre con una gran cámara fotográfica se plantó en medio del gentío.

—¡Los del periódico! Ya están aquí —anunció Judy.

—En tercer lugar, Suzy Chang, el hurón que se cepilla los dientes.

"Por favor, por favor, por favor", deseó Judy para sus adentros.

—El segundo premio es para Mouse Moody, ¡la gata que hace tostadas!

—¡Ésa eres tú! —dijeron Frank y Rocky empujando a Judy hacia el centro del círculo.

—¡Ganamos, Mouse! —exclamó Judy—. ¡El segundo puesto!

Por fin lo había logrado. Por fin iba a ser famosa.

—¡El primer puestro es para Mozart Puckett, el pollo pianista! ¡Un aplauso para todas las mascotas famosas!

El público aplaudió. Cada mascota recibió su medalla y el diploma de la tienda. ¡Los ganadores posaron para la foto! Judy estaba a uno de los lados, pero la gata se escurrió y saltó de sus brazos. ¡Flash! Judy parpadeó. El hombre del periódico sacó la foto más rápido que un relámpago.

—¡Gracias a todos! ¡Se acabó! —anunció la señora de la tienda.

—¿Se acabó? —preguntó Judy.

Los quince minutos de fama de Judy se habían quedado en quince segundos y, además, ella ¡había parpadeado!

A la mañana siguiente, Judy salió corriendo por el periódico. Pasó las páginas deprisa. Tenía el corazón desbocado.

—¡Aquí está!

No dio crédito a sus ojos. Allí estaban David Puckett y Emily Chang con una sonrisa de oreja a oreja. Allí estaban el pollo Mozart y el hurón Suzy.

—¡Déjame ver! —dijo Stink—. ¡Eh, aquí está Mouse!

—¡No salgo en la foto! —chilló Judy.

—¡Ésta eres tú! —exclamó Stink señalando un codo que asomaba por el borde.

—¡No soy famosa! —aulló Judy—. ¡No se me ve más que el codo!

—Vamos a ver —dijo su padre y comenzó a leer la crónica—. Bla, bla, "ganadores del Concurso de Mascotas Famosas", bla, bla. Aquí sale tu nombre. ¿Lo ves? "Mouse y Judy... Muda".

—¿QUÉ? —gritó Judy—. ¿Muda? Déjame ver.

—¡Judy Muda! Qué buen chiste —se rió Stink.

—¡Judy Muda! Nadie va a saber que soy yo.

—Nosotros sí —dijo su padre.

Judy frunció el ceño.

—Por lo menos te dieron un nombre muy "sonoro" —dijo su padre riéndose.

—¡Grrrr! —dijo Judy.

—Al menos dice que Mouse sacó el segundo puesto —intentó animarla su madre. Luego recortó la foto y la pegó en el refrigerador.

—¡Estupendo! —dijo Judy—. Hasta la gata está en el Rincón de la fama de los Moody.

—Y tú tienes un codo famoso —dijo su madre dándole un beso en la cabeza.

Batiendo récords

Judy observó su codo famoso en el espejo. Se lo apretó hasta que formó una cara alegre con las arrugas, y luego lo apretó un poco más hasta que apareció una cara de enojo.

Si Judy quería ser más famosa que su codo iba a necesitar algo de ayuda, así que convocó a todos los miembros del club S.O.S., Si te Orina un Sapo.

—Nos vemos en el club —les dijo a todos.

Rocky, Frank y Judy se reunieron en la tienda azul que había en el jardín de atrás. Faltaba Stink, que venía con Sapito en una mano y en la otra un libro que estaba leyendo.

—Mira por dónde vas, Stink, o vas a renovar tu membresía.

—¡OH! —exclamó Stink, y luego colocó a Sapito en el cubo antes de que al anfibio, famoso por orinarse en las manos de la gente, le diera por demostrar sus habilidades una vez más.

—Y ahora —preguntó Judy—, ¿cómo hacemos para que me vuelva famosa?

—Vamos a pensarlo —contestó Rocky.

—Stink, no parece que estés pensando —protestó Judy.

—Eso de hacerse famoso es aburrido —respondió él, y siguió hojeando el libro.

—Stink, ¡qué tiene ese libro de interesanteeeee!

Era el Libro Guinness de los Récords Mundiales. Judy, Frank y Rocky se cruzaron miradas.

—¡Genial! —chillaron los tres, y luego soltaron una carcajada.

—Stink, eres un genio. El secreto para hacerse famoso está en tus manos.

Stink se miró las manos.

—¿No te das cuenta? —preguntó Judy—. ¡Yo podría batir un récord y salir en ese libro! Así sería superfamosa.

—Famosa. Famosa. Famosa. Eres un disco rayado —le dijo Stink.

—Mejor guárdate tus comentarios —lo cortó Judy.

—Las colecciones que haces... como las curitas —dijo Frank—. Podrías batir un récord con alguna colección. Como las mesitas de las pizzas.

—¡O las costras! —exclamó Judy.

—¡Qué asco! Aquí sale un tipo que colecciona bolsas para vomitar de los aviones. Tiene dos mil cientodoce, y hasta una con un dibujo de Benjamín Franklin de esos de unir los puntos.

—Eso es mucho mejor que las costras —concluyó Judy.

—Hey, miren —Rocky estaba mirando por encima del hombro de Stink—. La palabra más larga del mundo. Si la deletreas serás la próxima Jessica Finch.

La palabra era "pneumonoultrami-croscopicsilicovolcanoconiosis".

—¡Uf! Cuarenta y cinco letras —excla-mó Frank, luego de contarlas.

—¡Ni la mismísima Jessica Finch es capaz de deletrear eso! —dijo Judy desilusionada.

—Aquí dice que es una enfermedad rara originada por los volcanes —leyó Rocky.

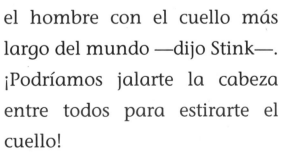

—¡Esperen! Tengo una idea. Aquí está el hombre con el cuello más largo del mundo —dijo Stink—. ¡Podríamos jalarte la cabeza entre todos para estirarte el cuello!

—Quiero ser famosa, no una jirafa —dijo Judy.

—Con un cuello de jirafa serías famosa.

—Déjame ver ese libro.

Judy agarró el libro de los récords y lo hojeó por encima. ¿El envoltorio de chicle más largo? ¿La uña más larga? Claro, el tipo no se la había cortado desde 1952. ¿El mejor escupitajo? Ella podría lanzarlo.

Fue entonces cuando lo vio. Justo en la página 339.

¡El ciempiés humano!

—Perfecto. Escuchen. Vamos a convertirnos en un insecto gigantesco —anunció—. Vamos a atarnos los cordones de los zapatos unos con otros y luego vamos a andar como una oruga. El récord actual está en noventa y ocho pies y cinco pulgadas. Rocky, ¿te acuerdas de que el verano pasado medimos con una cuerda la distancia que hay entre tu casa y la mía? Son cien pies de ida y vuelta. De modo que lo único que tenemos que hacer para batir el récord es ir a casa de Rocky y volver.

Se sentaron en fila, uno detrás de otro, como los pupitres de la escuela. Primero Judy, después Frank, Rocky y Stink.

—¡Eh, siempre me toca a mí de último!

—Porque eres el trasero —dijo Judy—. Amárrense un cordón con el que está delante y el otro con el que está detrás —añadió.

—¿Cómo vamos a levantarnos? —preguntó Stink.

—A la cuenta de tres —contestó Judy—. Uno, dos... —Judy dio el primer paso. El pie de Frank salió disparado, y éste se tambaleó. Cayeron unos encima de otros, como pines de bolos.

A Rocky le dio tanta risa que contagió a los demás.

—¡Tengo hipo! —soltó Stink.

Por fin consiguieron ponerse de pie sin que nadie se cayera, ni se riera, ni le diera hipo, y se dispusieron a andar. Uno... dos... tres.

—¡El ciempiés humano! —exclamó Judy.

Se hizo una imagen mental del ciempiés humano, cada vez más largo, ondulante, con miles de pies ¡y ella, Judy Moody, al

frente con sus colmillos afilados y sus garras venenosas!

—¡Zzzzsss! —dijo Judy.

—No saltes, Rocky —pidió Frank.

—Se me enredó el cordón —respondió Rocky.

—¡Sigan! —gritó Stink desde el último puesto de la fila.

Fue entonces cuando sucedió.

Judy se detuvo, pero el resto del ciempiés siguió andando. Se cayeron todos. ¡Zas! Judy le pisó la mano a Frank, éste clavó la otra mano en la panza de Rocky. El pie de Stink aterrizó en el pelo de Rocky.

Tres pasos y se habían caído todos hechos un nudo.

—¡Eh! ¡Cuidado! —chilló Stink.

—Me he torcido algo —dijo Rocky

—¡AAAAAAAYYYYYYYYYY! —chilló Frank agarrándose el brazo derecho con la mano izquierda.

El meñique derecho de Frank Pearl se veía suelto. Suelto del todo. Se veía el doble de gordo de lo normal y estaba doblado para atrás.

—¡OOH! ¿Qué pasó? —preguntó Judy.

—Me duele... mucho —gritaba Frank, mientras se le saltaban las lágrimas—. Mucho, mucho.

—Stink, rápido, corre a llamar a mamá. ¡Deprisa!

¿Qué pasaría si Judy conseguía un dedo roto en lugar de batir un récord?

Porque... si se le había roto el meñique a Frank, la culpa era de ella.

Judy ya no se sentía como un ciempiés humano. Ella, Judy Moody, ahora se sentía como un gusano.

Huesos rotos

—¿Cuál de ustedes es el paciente? —preguntó un hombre con barba roja y bata blanca.

Frank levantó el meñique amoratado.

—¡Vaya! ¿Cómo te has hecho esto?

Frank miró a Judy y ella fijó la mirada en un agujero de la alfombra.

—Estábamos jugando —respondió Frank.

—¡Estábamos haciendo un ciempiés humano para que mi hermana pueda ser famosa! —dijo Stink— ¡Y ella le dio un pisotón a Frank!

Judy fulminó a Stink con una de sus miradas de trol, poniendo cejas de oruga y todo. El hombre se echó a reír.

—Ya entiendo. Bueno... Me llamo Ron, soy el enfermero de urgencias. Voy a llevarte a que el médico te cure el dedo, Frank. ¿Están aquí tus padres?

—Mi madre ya fue a avisarles —dijo Judy.

—Está bien. Vamos a hacer una cosa. El ala infantil queda al otro lado de esas puertas rojas. Esperen ustedes dos allí, en la sala de juegos, que lo van a pasar mejor. Ya le diré a tu madre cuando venga que están allí.

A Judy le daba mucha rabia que Rocky no los hubiera acompañado al hospital... Ahora tenía que quedarse sola con Stink. Empujaron las puertas rojas, que daban a un pasillo largo al final del cual había una sala llamada ZONA MÁGICA DE JUEGOS. Judy y Stink entraron.

Las paredes estaban empapeladas de ositos con batas de médico y globos en la mano. Unos ositos llevaban muletas o vendajes y otros estaban sentados en sillas de ruedas. Había un sofá, una mesa con papel y creyones, un castillo de plástico y una estantería con libros sobre el hospital. Incluso, una mesa de operaciones en miniatura. En la sala no había más que una niña sentada en una silla de ruedas.

—¿Por qué estás en una silla de ruedas? —le preguntó Stink.

—Stink, eso no se pregunta —le espetó Judy.

—No importa. Me han puesto un corazón nuevo y todavía no me dejan andar. Me van a tener mucho, mucho tiempo en el hospital para ver si funciona bien.

—¡Un corazón nuevo! ¡Guau! —exclamó

Stink—. ¿Qué le pasaba al tuyo?

—¡Stink! —lo cortó Judy, aunque también ella quería enterarse.

—Supongo que se me dañó.

—¿Te dio miedo? —preguntó Judy.

La niña asintió con la cabeza.

—¡Imagínate! Tengo una cicatriz que va desde el cuello hasta el ombligo.

—¿Cómo te llamas? —preguntó Stink.

—Laura.

—Te han puesto un corazón valiente, Laura —dijo Judy.

—Mi padre dice lo mismo, por eso cuando vuelva a casa me va a regalar un hámster. ¿Tú tienes uno?

—No. Tengo una gata que se llama Mouse.

—Aquí no se puede hacer nada —dijo Laura mirando a la sala.

—Tienen juguetes de médicos —observó Judy.

—¡Mira! ¡Un cabestrillo de verdad y muchas cosas! —Stink se arrodilló junto a una gran caja de cartón.

Sacó vendas, cajas de gasas..., hasta un estetoscopio y un par de muletas.

—Stink, ¿puedo ponerte el brazo en cabestrillo? —dijo Judy.

—Ni de fundas —le contestó Stink.

—¿Y a ti, Laura? Sé ponerlo, de verdad.

—Estoy harta de médicos —contestó Laura.

—¡Mira, muñecas! Hay montones de muñecas en esta caja —exclamó Stink señalándola.

—Todas tienen los brazos o las piernas rotas, o les falta la cabeza —dijo Laura—. Algunas tienen cáncer.

—¿A qué te refieres? —preguntó Judy.

—Están calvas, como Sarah, la de mi habitación.

—No me parece bien —dijo Judy—. Deberían darles para jugar muñecas que no estén enfermas.

En ese momento apareció el enfermero.

—Es hora de volver a la habitación —le dijo a Laura—. ¿Ya conocieron a esta chica tan valiente?

—¡Sí! —dijeron Judy y Stink.

—¡Espero que tu corazón nuevo funcione bien! —gritó Judy, mientras Laura se iba con el enfermero.

—¡Adios! —exclamó Stink.

Judy rebuscó en la caja de muñecas. Laura tenía razón, todas las muñecas estaban sucias o rotas o calvas o sin cabeza.

La señora Moody se asomó por la puerta.

—¡Hola!

—¡Mamá! —dijo Stink.

—¿Está bien Frank? —preguntó Judy.

—Se le partió un dedo, pero su madre está ahora con él. Se lo entablillaron.

—¡Qué curioso! ¡Entablillado de verdad! —exclamó Judy.

—No va a poder jugar baloncesto por un tiempo, pero se va a mejorar. ¿Nos vamos?

Stink y Judy siguieron a su madre fuera de la sala de juegos. Judy se detuvo en mitad de la sala y agarró a Stink por la camiseta.

—Stink —dijo tranquila, para que su madre no la oyera—. Dame tu mochila.

—¿Qué?

—Tu mochila. La necesito.

Stink hizo una mueca y se la dio.

—Ve con mamá y dile que se me ha olvidado una cosa. Voy enseguida.

Judy fue directo a la caja de las muñecas rotas. Se aseguró de que nadie la viera, llenó la mochila de muñecas y salió de la sala.

Cuando su madre se detuvo a preguntar algo en el mostrador de la salida, Stink dijo:

—¡Eh! ¿Qué llevas ahí?

—Nada.

—"Nada" no hace tanto bulto. Te estás llevando las cosas de médicos. ¡Te las estás robando! ¡Acabas de robar! ¡Se lo voy a decir a mamá!

—¡Shhh! No digas nada a nadie, Stink, o nos meteremos en un lío por robar.

—No, te meterás tú sola —contestó Stink—. ¿Estás loca? ¿Quieres ser famosa por ser la única niña de Tercero que va a la cárcel?

—Júrame que no vas a decir nada, Stink.

—¿Qué me das?

—Te dejaré mirar un escupitajo de verdad por el microscopio.

—De acuerdo. Lo juro.

—¡Acabas de jurar! —dijo Judy— ¡Se lo voy a decir a mamá!

Partes de cuerpos

En cuanto Judy llegó a casa, vació la mochila y puso todas las muñecas sobre la litera de abajo. Ella, la doctora Judy Moody, estaba de humor para operar. En la cama había una muñeca que ya no hablaba ni lloraba y que no tenía brazos, otra sin cabeza y una tercera que estaba calva.

Primero, Judy les dio un baño.

—¡Ya sé lo que me hace falta! ¡Partes de cuerpos!

Rebuscó en su colección: brazos largos, brazos flacos, piernas negras, piernas blancas, troncos con ombligo, un pie desnudo, una cosa que parecía un cuello y cabezas de todo tipo —pequeñas, gordas, calvas, de Barbies—. Judy vació una bolsa entera de partes de cuerpos encima de la cama.

—¡Qué curioso!

Pegó una peluca roja de hilo con trenzas en la muñeca que no tenía pelo y a otra le puso unos brazos, y los dobló varias veces para comprobar que se podían mover. "¡Buaaa!", lloraba la muñeca cada vez que Judy le movía el brazo.

Pero cuando puso la muñeca boca abajo para ponerle unos zapatos, la cabeza se le salió y cayó al suelo dando botes.

—¡Vaya! —Judy corrió detrás de la cabeza—. Ésa no sirve. Voy a probar con esta otra. ¿Te gusta una que pueda abrir y cerrar los ojos?

Judy encajó la cabeza nueva en el cuello de la muñeca y la movió varias veces para ver cómo se abrían y se cerraban los ojos.

—¡*Voilà!* —exclamó dándole un beso a la muñeca en toda la nariz.

Luego las vistió a todas con batas de hospital azul y blanco que hizo con una sábana vieja, y le puso a cada una un brazalete de papel con su nombre: Colby, Molly, Susana, Laura...

Stink llamó a la puerta.

—Vete.

Volvió a llamar.

—¿Quién es?

—Soy yo, Stink.

—¿Qué Stink?

—El Stink que quiere entrar en tu cuarto —contestó él entrando como Pedro por su casa. Luego echó un vistazo por detrás de la sábana que colgaba sobre la litera de abajo.

—¡Aaaagh! —retrocedió asustado—. ¡Las muñecas del hospital...! Son las que... no son las... si papá y mamá se enteran...

—Stink, me prometiste que no dirías nada.

—Sí, pero...

Judy estaba haciendo un pequeño yeso de papel mojado.

—Mira, si te callas, te dejo que me ayudes.

—¡Trato hecho!

Stink y Judy acabaron de poner el yeso en la pierna de una muñeca. Cuando se secó, lo pintaron de blanco y le pusieron muchas firmas. Luego hicieron un cabestrillo para otra muñeca con una tira de tela. La doctora Judy Moody le colocó a otra en las piernas, los brazos y el estómago curitas con tatuajes de su colección.

—¡Me encanta! —dijo Stink.

Por último, arreglaron una muñeca de trapo. Judy buscó un marcador color rosa y le dibujó una cicatriz desde el cuello hasta el ombligo. Le dibujó un corazón partido por la mitad, y luego cosió las dos mitades con hilo negro, y lo tapó con la bata de hospital.

—¡Igual que Laura! —dijo Stink.

Cuando terminó, Judy puso las muñecas en fila en la litera de abajo y se quedó contemplando su obra. Y colocó a su lado a su propia muñeca, Sara Secura.

—¡Guau, qué bien te quedaron! —dijo Stink.

Al poco rato, Judy guardó todas las muñecas en una caja y las envió en secreto por correo de vuelta al hospital. No puso remitente, para que nadie supiera quién las había robado.

"Esto fue como un hospital de muñecas de verdad", pensó Judy. Iba camino de ser como la primera mujer médica, Elizabeth Blackwell.

Judy Moody y Jessica Finch

El lunes, el señor Todd preguntó:

—¿Dónde está Frank hoy?

—No vino —respondió Judy.

—Ah, ya. Me he enterado de que se ha roto el dedo. ¿Alguien sabe cómo ocurrió?

—Es una laaaaaaaaaaarga historia —dijo Judy.

—¡Como un ciempiés! —saltó Rocky.

—¡Yo oí que Judy Moody lo pisó! —interrumpió Adam—. ¡CRAC! —dijo, doblando el dedo para atrás como si estuviera roto.

—De acuerdo. De acuerdo. Ya se lo preguntaremos a Frank cuando vuelva —dijo el maestro.

—Vendrá mañana —contó Judy.

Luego miró su pupitre vacío. Sin Frank, no había nadie que se riera de sus chistes. Sin Frank, deletrearía "hiena" con "y".

Para colmo, Jessica Finch se pasó toda la mañana acercando un poco más cada vez su pupitre al de Judy.

—¿Éste es el codo que salió en el periódico? —le preguntó.

Judy dibujó una cara enojada en su codo famoso y apuntó con él a Jessica.

—¡Eh, Judy! ¿Quieres venir a mi casa al salir de clase? Puedo enseñarte mis carteles fosforescentes de ortografía.

—No puedo.

—¿Por qué no?

—Tengo que darle de comer a Mandíbulas, mi Venus atrapamoscas.

—¿Y mañana?

—Le doy de comer todos los días.

—¿Y después de darle de comer a Mandíbulas?

—Tengo que hacer las tareas —dijo Judy.

La verdad era que el viernes no tendría nada mejor que hacer que ir a casa de Jessica. Rocky tenía que quedarse en casa de su abuela durante una semana porque su madre salía tarde de trabajar; y con Frank con el dedo roto no se podía hacer gran cosa.

Para colmo, había terminado de operar muy pronto a todas las muñecas del hospital. ¡Lo mejor había sido preparar el yeso!

Tenía que tratar de hacer uno más grande, para una persona. Pero ¿quién?

Stink no la iba a dejar acercarse con papel mojado. Judy se volvió a mirar a Jessica Finch. Pensándolo bien, no era tan Cara Pálida. A lo mejor no era ningún anélido. A lo mejor era... el sueño de un médico. ¡La paciente perfecta!

—Eh, Jessica. ¿Te gustaría llevar un brazo enyesado?

—No tengo ninguno roto.

—Da igual. Es por pasar el rato.

—En ese caso, sí. ¿Vas a venir a mi casa entonces? Puedo enseñarte mis carteles de ortografía.

—¿Qué tal hoy al salir de clase?

Judy fue a casa de Jessica Finch y las dos subieron a su cuarto. Judy echó un vistazo. No vio más que cerdos: rosados, de peluche, alcancías, una alfombra en forma de cabeza de cerdo. ¡Hasta la cama de Jessica parecía un cerdo con falda rosa!

—¿Te gustan los cerdos?

—¿Cómo lo supiste?

Judy tocó las medallas de los premios de ortografía que Jessica había colgado de la pared. Ella le enseñó su álbum de recortes, con todas las veces que había salido su nombre en el periódico.

—¡Guau! —exclamó Judy—. ¿Han escrito mal tu nombre alguna vez?

—Una vez. ¡Jessica Flinch!

—¡A mí, Judy Muda!

—¡Mira! Aquí están todos los carteles de ortografía que he hecho —dijo Jessica señalando la pared al lado de la cama.

—Oye, son verdes. ¿Cómo es que no son de color rosa también?

—Porque son fosforescentes. Espera.

Jessica bajó las persianas y apagó la luz. Las palabras brillaron en la oscuridad. ¡Las que habían trabajado en clase con el señor Todd!

hacemos
había
hiena
huevo
ueco
zanahoria

—¡*Ueco*! ¡Pero lo escribiste mal!

—Ya ves, pongo palabras con faltas para ver si me confundo. ¿Quieres jugar? O podemos jugar a los cerdos. En vez de dados se tiran cerditos de plástico.

—¿Y si hacemos el yeso?

—¿No irás a romperme el dedo ni nada de eso, como le hiciste a Frank, verdad?

—¡No! Además, fue un accidente.

—Está bien. Hagámoslo. ¿Qué necesitamos?

—Papel. Agua. Goma de pegar.

—¿Se quita fácil, verdad?

—Claro —dijo Judy. "Debe de haber alguna manera de quitárselo", pensó—. Primero tenemos que dejarlo secar. Luego lo pintamos.

—¿Podemos pintarlo de rosa?

—Por supuesto —dijo Judy. "Qué curioso. Un yeso de color rosa", pensó para sus adentros.

—Voy a traer periódicos viejos —dijo Jessica.

Al volver dijo: —Sólo he encontrado el de hoy, ¡así que espero que mis padres ya lo hayan leído!

Se pusieron a hacer tiras de papel. Judy estaba impaciente por ver el yeso rosa. ¡Iba a ser su operación más importante hasta la fecha! Judy mojó las tiras de papel con una mezcla de goma y agua y las fue poniendo una por una con cuidado en el brazo de Jessica.

—¡Ooh! Es una sensación asquerosa.

¿Estás segura de que va a salir bien?

Jessica era igual que Stink.

—Mira —contestó Judy mientras le pasaba otro trozo de periódico—. Haz más tiras, que se me están terminando.

Jessica le dio una tira a Judy. Arriba se veía la palabra "fantasma". Jessica le dio otra tira a Judy. "Roba". Una tercera. "Hospital".

—¡Quieta! —exclamó Judy—. ¿Dónde está el resto de este artículo? —miró el brazo de Jessica—. Página B-6. ¿Y la página B-6?

—Oh, creo que ya la corté en tiras.

Judy quiso leer el brazo mojado y pegajoso de Jessica, pero sólo pudo distinguir la frase "ladrón de muñecas".

—¿Qué dice ahí? —preguntó presa del pánico.

—Un fantasma roba en el hospital del condado o algo así.

—O algo así ¿qué?

—No lo sé. ¿A qué viene tanto interés?

Las tiras de papel volaron por todas partes cuando Judy se levantó de golpe.

—¡Tengo que irme!

—¿Qué? ¡Espera! ¡Mi brazo! No puedes... ¿Y el yeso rosa?

Pero Judy ya había salido por la puerta.

Ella, Judy Moody, ladrona de muñecas, iba a ser por fin famosa. Por ir a la cárcel. Tal como lo había dicho Stink.

Judy Moody, superheroína

—¿Ya estás de vuelta? —preguntó su madre—. ¿Qué tal te fue en casa de Jessica? ¿Lo pasaste bien?

—Yo... ¿has... dónde está... el... periódico?

—¿El de hoy? Aquí mismo —dijo su padre empujándolo hacia el lado de la mesa donde estaba Judy.

Judy hojeó el periódico como una loca. Pero cuando llegó a la página B-6, no vio más que un gran agujero.

—¿Quién recortó esto del periódico? ¿Stink? —preguntó fulminándolo con una de sus miradas con cejas de oruga.

—Oh, fui yo —dijo su padre—. Mira, lo puse en el refrigerador.

Leyó en voz alta:

MÉDICO FANTASMA DE MUÑECAS

ROBA EN HOSPITAL

El sábado 17 de octubre la enfermera Grace Porter del hospital general del condado descubrió que unas muñecas que habían sido donadas a la Zona Mágica de Juegos del hospital habían desaparecido.

—¡Qué coincidencia! —exclamó su madre—. ¡El mismo día que llevamos a Frank al hospital!

—Ja, qué gracioso —dijo Judy con una sonrisa forzada. Seguro que su madre no le vería nada de gracioso

cuando se enterara de que su única hija era toda una ladrona profesional.

Su padre continuó leyendo:

El robo de las muñecas dejó intrigados a los pequeños pacientes que utilizan la Zona Mágica de Juegos del ala infantil. Todos especulaban sobre la identidad del ladrón de muñecas.

—¿No es ahí donde los encontré? —interrogó su madre—, ¿en la sala de juegos? —parecía un detective. "Esto va a acabar en cárcel", pensó Judy.

Curiosamente, días después se recibió un misterioso paquete con todas las muñecas mágicamente lavadas, arregladas y reparadas. Todas con sus brazaletes de identificación, vestidas con batas de hospital y "curadas" con curitas, cabestrillos y yesos.

Su padre hizo una pausa y comentó:
—Hmm, curitas.
"Oh, oh", pensó Judy. "La evidencia".

Se ha entregado una muñeca especial que tenía el corazón roto a Laura Chumsky, quien hace poco recibió el vigésimo noveno trasplante de corazón practicado en el hospital. En nombre de Laura Chumsky y todos los pequeños pacientes, el personal del hospital quiere agradecer al Médico Fantasma de Muñecas su amable gesto.

—¡Suena igual que los superhéroes de mis cómics! —exclamó Stink.

—¡Qué historia más interesante! —sonrió su padre.

—Déjame ver —dijo Judy.

Tenía que verlo y leerlo con sus propios ojos. "Médico Fantasma de Muñecas", repetía tocando las palabras del título.

—¡Qué curioso!

—¡Qué maravilloso detalle, de parte de quien haya sido! —dijo su madre.

—Ojalá se me hubiera ocurrido a mí —dijo su padre, y volvió a poner el artículo en el refrigerador sujeto con un imán con forma de piña. Allí estaba, en medio del Rincón de la Fama de los Moody.

—¡Qué lástima! —dijo Stink.

—¿Por qué qué lástima? —preguntó Judy.

—Pues porque me hubiera encantado ver una cárcel por dentro.

—No te lo crees ni tú —dijo Judy mirando nerviosa a sus padres. Pero ambos le sonreían orgullosos. Fue entonces cuando su cerebro se puso a imaginar otra nueva idea digna de Judy Moody.

Iba a hacer un cartel. A lo mejor ponía una consulta en el garaje para que otros chicos le dieran sus muñecas rotas o peluches viejos. O los conseguiría en las ventas de garaje o en el mercado de las pulgas. Los curaría para donarlos a los niños enfermos del ala infantil del hospital. Algunos llevarían vendas o cicatrices o tubos para respirar. ¡Hasta un catéter!

Todo se haría en secreto. En el hospital no sabrían nunca quién era el Médico Fantasma de Muñecas. Igual que nadie sabía que Superman era Clark Kent, un simpático y tímido periodista del Daily Planet.

¡Qué curioso!

Por primera vez en mucho tiempo, la que una vez habían llamado Judy Muda, se volvió más famosa que su codo.

Ella, Judy Moody, la Médica Fantasma de Muñecas, se había vuelto ahora tan famosa como la reina Isabel, tan famosa como George Washington, tan famosa como Superman.

¡Más famosa todavía!

¡Elizabeth Blackwell, la primera mujer médica, estaría orgullosa!

LA AUTORA

Megan McDonald nació en Pennsylvania, EE. UU., y fue la menor de cinco hermanas en el seno de una familia de infatigables contadores de historias. Como a ella no la dejaban contarlas, comenzó a escribirlas. Se graduó en Literatura Infantil y trabajo en librerías, bibliotecas y escuelas antes de dedicarse por completo a escribir. Vive en California con su marido, Richard.

EL ILUSTRADOR

Peter H. Reynolds creó y "publicó" desde los siete años sus propios periódicos, libros y revistas con la colaboración de su hermano. Estudió Arte en el Massachusetts College of Art y después fundó una próspera empresa de producciones propias. Siempre se propone "contar historias que digan algo" a través de sus dibujos. Vive en Massachusetts, EE.UU.

Este libro se terminó de imprimir en el mes de mayo de 2005, en los talleres de Quebecor World Chile S. A., ubicados en Pajaritos 6920, Santiago de Chile.